该怎样将一个快件

递给　　　你

王二冬

著

中国工人出版社

时间轴转动当中的新鲜诗意

——“工业诗丛”总序

霍俊明

未来已来，预言是对接舱口

——杨克

新的秩序和前所未有精神的焕发

——桑子

时位移人，诗随世变，诗歌应该成为最纯粹最自由的“动词”用来应和时间轴的转动，在每一次时光流转和时代更迭中新鲜的诗意也相应而生。众所周知，每一时代的“诗意”“诗性”以及诗风是有一定区别的，比如古典的农耕文化和乡土文明就与当下城市化、速度化、媒介化的现代性景观的“诗意”迥然不同。我们尤其要注意到在现代性的进程之中，复杂的崭新的时代经验都应该是诗歌以及文学中“诗意”的重要构成部分。此次中国工人出版社推出的“工业诗丛”让我们再次聚焦诗歌与时代的交互，围绕“工业诗歌”或“工业叙事”展开相关讨论。

1.

任何一种“主题写作”都要尽量避免社会学的知识套用以及伦理化和道德化的发声优势，诗歌写作没有任何终南捷径可言，蹭热度的跟风式写作最容易被时代与人民抛弃。我们最终衡量作品和作家的标准永远都是历史性和美学性的融合，二者缺一不可。对于诗歌创作而言，“诗”“诗性”“语言”是第一位的，这也正是我近年来一直强调的“诗性正义”之所在。

显然，与新时代、新科技、新产业、新行业、新材料、新能源等密切关联的主题创作正在成为新的生长点。此次纳入“工业诗丛”的有杨克的《每一粒光子的轨迹》、凸凹的《怀揣手艺的人》、桑子的《向天空拉满弓》以及王二冬的

《该怎样将一个快件递给你》。他们通过各自差异性的视角、观照区域以及抒写方式为我们展现了新时代背景下“工业诗歌”的新景观以及新鲜的诗学和社会学话题。这些诗歌为我们认知科技新变、行业动态、工人群体精神样态以及新工业的机制、生态、场域提供了多样化的切口和路径，一定程度上也为我们提供了具有新质的现实经验和诗歌经验。

工业转型是时代转型的一部分，而时代转型也必然影响到行业从业者的人生观、价值观、世界观，必然影响到每一个创作者的心态以及日常生活的方方面面。从传统工业到新工业以及后工业，越来越多的新的时代经验迎面来到诗人面前。那么，诗人该如何有效地通过诗歌的形式来回应、处理、转化和提升时代经验进而传达出新鲜的文学经验？这是每一个诗人必须面对的现实难题和诗学命题。时代巨变使得工业以及相应的话语场都发生了动态变化，而具有时代感、现实感和求真意志的诗人有责任来面对和发现新工业与时代以及每个人的内在关系和深层心理机制。

杨克是二十世纪五十年代出生的诗人中最早关注城市以及工业的诗人，甚至早在1985年他就对厂房、工地、水电站大坝、截流、搬迁、操作架以及工人的命运予以了“提前量”式的深度观照。这与其生活、工作的经济发达的广东显然有直接关联，当然更重要的在于一个诗人超常的敏感程度和发现生活的意志。时代更迭，江山新变，在杨克这里古典化的诗意“唯见长江天际流”已经在不期然间转化为由华强北、高铁、大国重器、跨海大桥、悬索桥、自动化码头、机械臂、无人机、云时代、人工智能、大数据、人机交互、虚拟现实、卫星星链、纳米、芯片、光子、质子、量子纠缠、基因胚胎、暗物质等构成的前所未有的新工业化的图景和现代性的诗性内核。显然，诗人为我们打开了一道崭新而奇异的时空之门，未来已经成为诗人关注的时间轴。

引力波连接百亿光年星系
我与宇宙里无数个遥远的我
人机交流，而月亮的真相

想象力在唐朝就提前抵达

恍惚中，我们从十维空间
再度重临曾经的世界
戴上多 D 炫彩眼镜
我看见暗物质，周围如此精彩

——《在华强北遇见未来》

在这些关注时代、工业以及科技新鲜图景的诗作中，杨克既是一个好奇者、凝视者、介入者，又是具有反思精神和人文情怀的深沉歌者。这印证了无论面向传统、历史、现实还是新变以及未来，诗人为我们提供的应该是具有共情空间的想象共同体，而非浅层的外在描摹、镜像反射以及新鲜时代词语的搬运工。

2.

杨克诗集中有一首诗《大国工匠》，凸凹的整本诗集《怀揣手艺的人》都是对这一题材的叠合抒写。凸凹将 60 位中国工匠以诗化和整体化的方式呈现出来，他们的群像也构成了极为生动的历史景深以及时代表情。值得注意的是凸凹是从历史与现实的双重维度来深入对话这些中国工匠的，无论是在时间跨度还是行业广度上都对诗人提出了非常高的要求，如果没有广博的知识、相关领域的研读以及相应的感受和想象是无法有效完成这一写作任务的。应该说，凸凹在侧重工匠精神的前提下呈现了各行业领军人才的杰出禀赋，“工匠之为工匠，是他比常人多一只眼，多一只手”（凸凹《从工匠到工匠》）。与此相应，每一首诗正文之前的与抒写对象相关的材料介绍起到了“传记”式的历史效果。因为这些诗都是以人物（劳动者、劳模、工匠）为抒写中心，所以诗歌体现出个人化的历史想象力和求真意志，诗歌的历史感、命运感以及人物的可信度也因此得以大大提升。据统计，全国 7.7 亿就业人员中技术工人 1.65 亿，其中高技能人才 4700 多万。从制造大国到制造强国、从中国制造到中国智造，这对行业人员尤其是技术人员提出了更高的要求。在凸凹的诗集中，从水利工程、杂交水稻、农艺、评茶、錾刻、酿酒勾兑、敦煌壁画修复、古籍修复、家具修复、烟机修理、钢琴音板、钳工到医师、内镜微创治疗、慢走丝、地质钻探、石油钻探、铁路隧道建筑爆破、桥梁轨道、压电陶瓷、石墨坩埚、核燃料修复、焊轨、数控铣床、无线电装接、集成电路装调、光纤光缆、电网检修、现代火箭、航天科技、航天焊接、航空车削，其繁复以及陌生程度简直如同万花筒令人目眩。

这把刀
可以拿最硬的家伙开刀
可以让万物飞旋如太阳神鸟

这把刀
可以挟持极寒
压抑酷热

可以把一个薄字
无限切下去

让它

薄得

可以透过大气层最熹微的光

照亮最阴暗的物事

——凸凹《刀的道行——致航空车削高级技师王浩》

凸凹这些带有惊异阅读效果的诗正是得益于谱系性诗歌所携带的精神载力、行业魅力、工匠技艺，得益于这些超凡工匠所激活的诗歌世界当中崭新的时代经验以及语言经验。《论语·述而》：“志于道，据于德，依于仁，游于艺。”凸凹将工匠们的技与艺提升到了“道”的高度，“术到极致，几近于道”，即所谓的“技道合一”。这些工匠的技艺不止合乎于道，而且这些技艺是有灵魂刻度的，是有生命体温的。值得强调的是凸凹的这些主题诗作也在一定程度上体现了“工匠精神”，这些诗的时间跨度长达三十五年（1987—2022），而诗人在情感、经验、修辞、语言、技艺以及想象力等方面也突出了精益求精的品质。更为重要的是凸凹对工匠精神有着非同一般的情感认同。在他的家族中，祖父、父亲以及两位伯父都是技术工业人员，而凸凹本人在中专技校和大专学的都是机械制造专业，还曾在三线航天基地工厂当过多年的刀量具设计员、工厂规划员。由此，凸凹就具有了双重身份，既是一位行业工匠又是一位语言工匠，这本诗集正是名副其实的“工匠”向“工匠”的致敬之作。

3.

杨克的《矮寨悬索桥》《基建狂魔借黑科技上天入海》《跨海大桥，或献给港珠澳》是面向基建的，桑子的诗集《向天空拉满弓》则是集中抒写历史与现实贯通当中的中国桥梁文化。比较有意思的是桑子的《矮寨特大悬索桥》可以与杨克的《矮寨悬索桥》对比阅读，看看同题材诗歌之间的差异和特性。

无论是大时代还是小时代，都有诗人在抒写那一时代的史诗进而成为“诗史”的化身，伟大的桥梁文化同样需要伟大的诗篇，桥梁也成为现实和诗歌的双重载体。迄今为止，国内还没有以中国桥梁为承载体的工业主题诗歌集，桑子的诗集则填补了这一空白。中国桥梁文化源远流长，尤其是新时代以来中国的道路建设、桥梁建设展现出前所未有的活力和膂力。一座座形态各异、技术高超、难度翻倍的桥梁跨越高山、峡谷和大江大河，它们通向世界也通向历史和人心。因为工作的原因，桑子几乎天天与桥梁和道路打交道，她对桥梁建设怀着非同一般的情感。正如她所言："作为一名公路桥梁的建设者，我有幸看到了一条条道路以及一座座桥梁的建设过程，一座座桥梁诞生的过程也正是新科技、新工业的历史显影的过程。我有幸一次次去过那些工地，也得以更深层次地去面对、观察、感受和言说这些桥梁的世界。在这种真切的个人化视角的田野考察中我一次次置身于这些钢铁构建和水泥混凝土以及高科技材料当中，我尽力地让自己匍匐得更低，从而更为真切地去记录那些很有可能迅速消失在历史长河中的景象，倾听那些宏大或幽微的声音。”（《我要努力写出的是桥梁“史诗”》）桑子的桥梁叙事不仅关注历史与时代的互动而且强调个人与历史、传统、现实的深度全息对话。她更为侧重内在的精神剧变和心理渊薮，以隐性而又丰富的充满张力的情感故事、人物形象、历史维度、时代视角来构架，显性和隐性构成双层叙事结构。桑子的中国桥梁叙事印证了特里·伊格尔顿所言的文学创作首先是个体的精神事件，围绕着桥梁这一精神场域，诗人生发出历史的声音、时代的声音、桥梁建设者的声音。与此同时，这也是宏大时间背后那些更为细小也更为动人心魄的自我的声音、生命的声音以及自然万物的声音，“仿佛是所有人的命运 / 我们向北向南/不断与过去和未来的自己重逢”（《伶仃山外伶仃洋——伶仃洋大桥叙事》）。桑子的诗歌话语方式与一般意义上的“女性诗歌”有很大差异，她总是能够在略显宏大的题材和抒写中（比如战争、文化、工业建设）彰显出充满智性和想象力的奇崛空间，她处理、转化和内化历史的能力尤其令人称道。对于桥梁文化，桑子感同身受。这不仅因为她自身行业工作的原因，而且在于她的故乡绍兴本身就是一座桥乡——八字桥被认为是中国的第一座立交桥，所以她的桥梁叙事中出现了诸多与绍兴、浙江有关的桥梁文化元素。工作与故乡文化融合，这就使得桑子与桥梁之间形成了近乎灵魂和命运般的内在呼应和深度交谈。她所抒写的桥梁无论是历史层面的还是现实和技艺层面的，它们都携带了生命内核以及时代的全息影像，这些桥梁也成为大地、高山和大河之间的血脉或信使，成为打通历史、世界、现实以及未来的精神共同体，“每天向天空拉满弓／万矢齐飞／从我们广阔的国度／从无数个世纪出发”（《暴雨中的工地宿舍》）。

4.

杨克的《接单何须问峰横》是献给京东五台山营业部的两位快递小哥孙磊磊和刘伟的，王二冬的诗集《该怎样将一个快件递给你》则聚焦整个快递行业，甚至这几年王二冬已经被贴上了“快递诗人”的标签。

实际上，每一个从业者都是时代叙事的主角，正如王二冬在诗集的序诗中所强调的，“你正参与着这些诗篇的创作 / 它们源于火热的生活”（《致读者》）。王二冬的“快递”诗篇印证了诗意与行业的深刻呼应关系，诗集的四个小辑“收”“转”“运”“派”与现实当中的快递业务流程直接对应，这是名副其实的“现实诗意”。而作为附录部分的“诗解常用快递术语”则以“关键词”和“词典”以及“四行诗”的形式打开了快递行业及其业务流程的多层次空间，包装填充物、电子运单、分拣、封装、即时快递、快件、冷链快递、逆向快递、取件码、手持终端、无接触快递、循环包装箱、异形件、验视、智能快件箱等这些日常生活中人们熟悉或陌生的环节都被赋予了时代性、行业性以及人性和诗性的多重元素。值得强调的是王二冬的这些“快递”诗歌并不拘泥于快递行业，而是以此为中心生成了整体化的生存认知以及价值观、世界观层面的综合性场域。与此相关的时间、空间、人物、事件、场景和生存样态都具有了现实性、生命感和切片式的寓言化特征。这是由点到面、从宏观、中观到微观、从城市到乡村、从行业到个体、从体系到细节的综合化的理解方式、观照方式、想象方式以及抒写方式。“快递员”在王二冬这里既是具象的可感的个体又是群体的象征化的精神肖像。这印证了诗学最终是“人学”，诗歌最终要落实在真实不虚的生命体上，而王二冬打动读者的这些诗作也正得益于此，比如《中国快递员》这首诗。

这是用快件堆起的山
他们独自上山、下山
又在深夜把最后一块石头
刨掉，沉睡中
他们绷紧的身体
才会跌落进溪谷

快递比拼的是速度和时间，正如王二冬所言，“快递的形状就是时间的形状”，而诗人的责任恰恰在于要将这些日常化的流程化的速度景观慢下来并将之定格、放大甚至变形、整合，以便让我们正视那些被忽视的行业内部机制、运行轨迹以及快递从业者的生存细节和命运纹理。

由这些面对时代、科技、行业新变的诗，由这些围绕“工业”展开的差异性叙事，我们也感受到时刻新变当中的时代经验以及新鲜的诗歌经验和写作经验的更新，只有如此，世界和自我才能保持最初的原创性的一面——

> 光游移不定
> 像钟摆于人世
> 我们兴奋于我们未知之事
> 大跨悬索桥主缆
> 缠丝火焰钎接焊
> 每一束光都致命
> 这是最高的虚构
> 如苍茫笼罩无从辨识
>
> ——桑子《电弧之光》

是的，时代和世界既是庞大无形的又是具体

而微的，对于已知和未知诗人都应该报以“最高的虚构”，这就是所谓的“诗性正义”的获得与胜利。我也迫切地期待着有更多的优秀诗人和优质主题写作加入中国工人出版社的“工业诗丛”的出版计划当中来，让更多的诗歌随着时间轴的转动而生发出新鲜而又持久的诗意！

2023 年 5 月 14 日母亲节，改定于南磨房

致读者

你正参与着这些诗篇的创作
它们源于火热的生活

你下单、签收
抑或拒绝、投诉
就是一首诗的起承转合

你成长、出走
你打拼，终寻得安顿之所
就是一个包裹的全部旅程

如果你能因为一首诗
开始关注或愈加理解一个快递员
我会由衷欣慰

这些浮于纸的诗行

正通过你的一声“谢谢”

生出双脚，并肩向前奔跑

2022 年 11 月 7 日

目录

第一辑　收

第三辑　运

第四辑　派

| 第一辑 |

收

中国快递员

他们的名字
值得站在一首诗的顶峰
感受高处的雪和阳光
包裹正抓着一丝亮
向上攀登

这是用快件堆起的山
他们独自上山、下山
又在深夜把最后一块石头
刨掉，沉睡中
他们绷紧的身体
才会跌落进溪谷

梦中，他们仍一遍遍
念着别人的名字

却从未提起自己叫什么
如果年轻，就被称为快递小哥
如果脚步渐缓
就被喊作老张、老王

——无名之辈
我们身边最熟悉的人
如果一个快件高半米
一个快递员每天配送一百五十件
每年可以堆起三座珠穆朗玛峰
他们的名字值得被刻在上面

因此，我从不吝惜
把最大的词用在最普通的人身上
他们默默做着最微小的事
很少被夸赞，更不会自夸
他们的习以为常
在日复一日的奔波中
已足够伟大

奔跑者之歌

亲爱的快递员，当我写下你们的名字
我手中的笔变成来自天边的马匹
奔跑起来，墨滴变成横平竖直的快件
在生养我们的大地上洋洋洒洒地书写着
把奋斗者的梦想和平凡人的向往写进包裹
让新时代和每一个明天签收

当阳光借助风的力量，把快件打开
生活的期待与美好便涌现出来
这是你我之间的承诺——每一个
清晨，都要从你把快件交到我手上开始
哦，亲爱的快递员——
我要以青春或追梦的名义与你们一起奔跑

你们奔跑在街巷，点燃城市的热情

以时刻前进的姿势按下新经济的加速键
平衡着商品流通的速度与传递的温度
你们奔跑在乡村，不断磨合对立、填补沟壑
让每一份守望都不再遥远，每一个漂泊
都有线可牵，每一次遇见都期待下一次遇见

你们奔跑在山谷、河畔，奔跑在冰川、草原
你们奔跑在珠穆朗玛峰下
你们的高度就是中国快递的高度
你们奔跑在永兴岛，把快递的旗帜插在南海
你们奔跑在祖国的边陲，奔跑在异国他乡
——你们奔跑在每一个人民需要快递服务的地方

也许，你们一个人就是一座山、一个岛
一片湖，或是十几个只有老人和小孩的村庄
你们用星罗棋布的站点和五湖四海的包裹
把每一个人串联进新时代的网络
把每一个人装进写给未来的书信
我可以从中读出一个个精彩绝伦的故事
我看到每一个包裹中都有一个中国

是的，这正是我们的流动的中国
这正是我们的奔跑的腾飞的时代——
你们从虎符、驿站和孔子的大梦中走来
也从骆马湖、容奇港的百年风雨中走来
你们从信件、邮包和绿色的自行车走来
也从歌舞乡、富春江的多娇青山中走来

我听得见你们呼啸的奔跑声，那声响
是飞机穿越云端，把海洋洲际紧紧相连
是果蔬坐上高铁，枝头的露水打湿城市的桌角
是货车行驶在大路朝天、三轮车穿梭在街巷陌阡
打包美食、礼物甚至生活中的点点滴滴
在一次次运输和中转后把喜悦和祝福投递

谢谢你们，我最亲爱的快递小哥
你们已成为我们生活中的一部分
尤其是那个春天，我像渴望自由呼吸一样
渴望你们能再快一点，把生命的补给送到我身边
我知道，你们也会疲倦、恐惧甚至哭泣

你们也会怀疑这样的付出到底值不值

你们选择了继续并加速奔跑
让人间烟火气在下单和签收后一次次升起
你们参与着每个人的生活
柴米油盐、果蔬鱼肉、课本试卷……
就连那个走丢的小女孩，也是你们
把她送回了家，整座城市都信任和感激你们

谢谢你们，我最亲爱的快递小哥
从你们的背影中，我看到我们每一个人
都是今天寄往明天的包裹
每一次抵达都是新的出发
分拣中心的流水线不曾停歇
太阳在升起，我的祖国正在万丈光芒中
被数以亿计的快件簇拥着、欢呼着……

立　冬

大风语无伦次，狂吹了
一整天，像是跟秋天告别
五环外的亦庄，愈加开阔
风，是时间的拣货员
季节，被轻轻挑出，重新放置

快递员老王拖着空瘪的布袋
走在立冬深夜
穿过高楼和一片被判决的庄稼地后
是他的出租屋，他把自己塞进去
总无法像封装快件般
把疲倦的身体裹严实

风会吹到他的胸口
疼痛时，那就是无边际的寒凉之地

风正吹过他消瘦的脸颊
像一把刀，把生活劈成两半
而满月浑圆，照耀着立冬的老王

高高在上的立冬之月
像一口锅盖，扣在老王肩头
他弯身，银杏叶已铺满双脚
碎了一地的金子
应该可以养活远方的一家老小

这样想时，他的嘴角
不觉流出一丝笑意
突然一股风猛地吹来
这个秋天，又是片甲不留

地　盘

七月的泉城，像一口倒扣的锅
太阳被闷在里面，喘着粗气
累得像刚送完二十个快递
祖父穿好上衣，摸着凉飕飕的胳膊
直夸空调是个好东西
没白疼的孙子真有出息
我关上出租屋的门，特意请了一天假
带祖父逛古城和大明湖
从珍珠泉到超然楼，穿芙蓉街、过宽厚里
从稼轩词到老舍的冬天，赏荷花、弄垂柳
从抗战到解放，文庙、武庙、东西门
我如数家珍般给祖父讲述
他突然年轻起来，在他离开东河西营的第一天
脚步稳健、双目有神，高声唱起小曲
颇有喝八两能步行至北京的架势

他夸我有本事，颇有他当年的风采
我骄傲着，虽然一直被他宠爱
看到他因我而开心，我仍止不住欢喜
“这是我的地盘，我每天都在这一片送快递
我敲谁家的门，谁都会笑呵呵打开”
祖父笑出声来，像一个吃了蜜的孩子
只是笑声越来越远，直到无声、濒临窒息
我猛地惊醒，摸着额头的汗坐起
看到作为枕头的纸箱上
泪痕斑斑，像是我带祖父游玩过的足迹

时间的形状

我想，时间应该是有形状的
阳光穿过树叶照在写信人的脸上
那一小片阴影和一堆心事
被邮差塞进信封，叮叮当当地
送给远方，那信封就是时间的形状
叠在一起，常常被等待拉伸得漫长
那是从前的形状，黄昏一个字一个字地读
还未闭眼，天地就黑了下来
是的，时间是有形状的
从前有，现在也有——
五颜六色的快递员奔忙着
他们的手中抱着自己和别人的时间
快件的形状就是时间的形状
当它们被打开，那时间的形状
就是万物的形状，比如一朵花

一本书、一个玩具、一只千纸鹤
也可以说是一个错过的春天
回不去的校园、童年
和无数个月光盈盈的夜晚

乡村使者

他跑过田野，被惊起的麻雀
飞上货车占领包裹，成为此单的编码
爱唱歌的快递员，习惯把柳枝捻成长笛
随鸽哨声率先被收件人签收

他走到河畔，群鱼排列成一条直线
散发着腥味的传送带，不是冷链
是河流培养的分拣员，是逆风发光的鳞片
点击世界搭在乡村的鼠标

嫁到东河西营的媳妇爱网购
常把挂在门闩的月亮敲得噼啪响
快递员是叫醒她的闹钟，城市的专利
被涂上额头、脸蛋和嘴唇，在春光中绽放
越盛开，嫁接的伤口就越愈合

于是思念有了快件的形状
小小的包裹填补了城乡的裂痕
她把瓜果交给快递员，父母尝到女儿的甜蜜
她把围巾交给快递员，丈夫在异乡不再寒冷

她偶尔也把无名的悲伤交给快递员
没有地址的收件人像一棵与时间对抗的树
不知道送给这一棵还是那一棵
他有时觉得自己也是收件人，自己
也被这个村庄被村庄里的人和万物爱着

星　星

他是一粒沙，与无数粒沙一起
在西北巴丹吉林沙漠腹地翻涌着
风很急，道路却漫长
等待签收的人很急，夜色在如水的
凉意中，天地便安静下来
他也很急，黎明即将唤醒新的一天
又要往他的心里添几把火
星星不急，时隐时现
——这宇宙中最为巨大的沙粒
早已看清一切：雨水、植被、月光
火箭升空后留下的灰烬、酒后的泪痕
快递小哥的身体和怀中的包裹……
万物愈严实，愈透明；愈透明，则愈缓慢
有些快件，注定无人签收
有些事情，注定急速不得

比如一个孩子学会说话而后懂得保守秘密
比如一封情书从起笔到结束
比如从一个人变成一颗星
而后把一生积攒的光均匀地洒在
每一个正在仰望的人的身上

播种者

在新街口街道，快递员老马
被誉为行业的良心，四年间
十几万次收派，没有一个差评
锦旗像极了他插在田间的稻草人

坏情绪与懈怠是啄食热情的麻雀
他时常挥动旗子驱赶阴霾为自己鼓劲
这是他种了几十年庄稼的经验
他把每一个快件都当作一株幼苗
小心呵护，移植在每一个收件人手中

不同小区的居民性格和习惯也不同
他就当作播种不同的庄稼，比如
德胜门小区种的是麦子，憨厚耿直
平安大街和赵登禹路分别是高粱和大豆

有谦谦君子，也有嘎嘣脆或小心眼

路过鲁迅博物馆时，他总会盘算
如果自己当管家，要如何划分百草园
偶尔也有广济寺的包裹
他每次临走前都会上几炷香
为每一个奔命于世间的平凡人
为城市的快件和村里的庄稼祈福

北 京 梦

——兼致快递员宋学文

在梦中，你仍继续奔跑
像一匹马，城市与原野，被你腾跃
若身体下坠，你会变成一个快件
轻飘飘起飞。每一扇窗、每一条街巷
都为你打开，你就是这座超大城市的白鸽
永远打头阵的白鸽，为每一份等待
衔来希望，“哦，等待和希望——
人类的一切智慧都包含在里面”

哦，等待和希望、拼搏和梦想
快递员宋学文和北京
三条平行线，互相遥望又延伸
三十万个快件已成为中关村上空的星星

你用十年青春，陪伴这座造梦之城
你的每一次妥投，都是在祝愿
时光也可以将一批又一批创业者妥投到彼岸

你的见证，更是被见证
北京，也时刻在观察着你——
大件在下、小件在上、紧急的放中间
IT 刘的靠里、老师张的朝外
出租王和护士孙今晚要值班，放门口柜子
赵奶奶的面粉和大米，天亮要先送过去……
送快递，被你送成了一门学问
生活的琐碎，被你送成了一道可解的逻辑题

你是否会在疲倦时仰望天空
片刻休息中，想起庆祝建党百年那一天
你走过天安门，在历史的辉耀下
你以快递小哥的角色代表着新时代和未来
在世界的瞩目中，你以优秀共产党员的身份
传递着北京之梦和中国速度

此刻的你，正站在云顶滑雪公园
远眺五棵松和国家体育馆
你的跑道在三个场馆之间，没有观众的地方
你心中的信仰和走过的三十六万公里快递之路
就是裁判，你夜以继日操练
只为赛事开启时，精准送达每一件装备包
只为每一位运动员轻松上阵
在冬奥会的中国舞台上展示最好的风采

其实，你的梦也是北京的梦
你们始终交织在一起
奋斗是我们共同的底色，大道无边
每一个人都在用自己的方式描绘生活的五彩斑斓
而今天，你与时代，互相成全

一个人的高原

青海向西，茫崖如天空之城
绽放在戈壁与风沙中
花子沟站向前，将快递的触角
延伸至油田、羊群和青稞酒杯
治沙的英雄哟，我愿一直陪伴你
你逼退沙尘一米，我配送的脚步
就前进十米，我看见蜿蜒的河流
在更远的上游，一定有人等我去敲门

这是我一个人的高原快递站
一个人揽收、一个人分拣、一个人投递
一个人喊出几万个人的名字
几千个地址把一个人的快递站
拓展成方圆几十公里
一个人打烊，一个人仰望星空

那颗眨得最频繁的星星
是不是也流浪于苍穹

那么多人从中原来到高原，追逐
光和热的源泉，那么多人
从海洋来到海子，让现代化的血液
流淌进祖国的每一寸土地
这不仅是我一个人的高原，这是
一群人的高原，一代人、代代人的高原

我们的青春在最高的工作台上跳跃
始终燃烧着，点亮不息的灯盏
我仿佛看到，快递网络正在加速铺展
像一双双手紧紧相牵、并肩前行
一个更加信息化、便捷化、智能化的中国
正在被这一双双手高高举起

直播带货

群山是大地的屏保，只有季节
能够切换，熟透的樱桃是密码键
张老太一声吆喝，丰收的大门
和直播的窗口同时打开——
她不懂美颜也不会开瘦脸
几十万观众依然为她点赞
她用快要老掉的牙咬破娇艳欲滴的春天
屏幕前的口水就顺着信号流到果园
她用老掉牙的吆喝声，把人们带回街巷
带回从前的小推车，几颗樱桃从车上滑落
屁股蛋们跑起来，把时光晃得锃亮
张老太咧嘴笑着，越笑越甜
像一座生鲜仓，大口大口地吐着包裹
她想不明白，自己种了一辈子樱桃
一小时的销量比年轻时几年的辛劳还多

她可能也不知道，这些被她称为
闺女的樱桃，坐上了飞机和高铁
群山的气息作为嫁妆，弥漫在城市的新房
她应该知道并为此感到骄傲——
人们争抢下单不仅为了樱桃的品质
更感动于她对土地和自然的敬畏
对岁月的善意，她的目光中
有母亲般的温暖和慰藉

我熟悉的三个快递员

人是一件会思考的包裹
仅就这个问题，我已经想了
一万亿个快件揽派的时间
我们因父母的爱情下单
在一阵战栗中按下确认键
发芽、开花，长出眼睛和四肢
在母亲的汪洋中，无数次练习投递

风，是我认识的第一个快递员
它从春种忙到秋收
把黄金般的果子运到东河西营
冬季的炉火旁我听到大雪中银质的笑声
我喜欢了这个快递员十几年
它从不延误，也从不向我乞讨好评

它不卑不亢、爱憎分明
微风、阵风、旋风、飓风、龙卷风……
对于配送，它始终有属于自己的速度

有一天，我开始恨风
未经我的同意，把祖父送到另一个世界
我日夜哭求，又无处可诉
直到叫作时间的快递员坦言，关于生命
在浮浮沉沉、收转运派中
有着不可抗拒的供应链一体化
时间是万物的快递员
它统揽全局，又无处不在
甚至偶尔提刀相迎，教我们成熟之术
在关于死亡的学习中，没有什么是违禁品

“我们需要快递，正如需要美。”
五颜六色的快递小哥出现在我身边
成千上万束光，照耀着生活的五彩斑斓
我把他们称为奔跑者，永远向上的力量

只有奔跑，才可逆风而行

只有奔跑，才能与时间对抗

他们告诉我，每一个永不言弃的个体

奔跑起来，足以扛起整个世界

八月的最后一个夜晚

八月的最后一个夜晚，王志国
瘫坐在临近站点的街边，空瘪着肚子
像一个被人拆完后随意丢弃的包裹
手中的烟，不断含在嘴唇，又夹上耳朵
天上的火已失去点燃大地的冲动
他盯着不远处的商品房，明天将要封顶
“封顶大吉”，他默默祝福着
突然想起东河西营的老房子，今夏雨水多
老母亲还一人住在里面，年轻时
落下的腰椎病，连阴天就已疼痛难忍
若是雨滴穿过屋顶砸在老母亲身上
他的天还不得被砸出窟窿……
他不敢再想下去，在八月的最后一个夜晚
他没有休息一天，31 天，434 个小时
5890 个快件，银行卡显示到账 9760 元

房租 900 元、饮食 700 元，剩 8160 元
昨天中午，他还花 160 块钱请合租的兄弟
吃了顿饭，他们在一起送了三年快递
那个兄弟说他坚持不住了，要回老家
他没有劝他留下，在他背包里悄悄塞了 1000 块钱
最后的 7000 块，在八月的最后一个夜晚
轻盈又沉重起来：大儿子明天要到城里上初中
妻子的工作还未解决，岳父中秋节生日
老两口虽然从没说过什么，可他心里都清楚……
他抱着脑袋，听到肚子在打鼓
站长说，从九月一日开始，总部要涨一毛钱派费
每天可以多挣 15 块钱
对面的三十一层高楼，明年春天的夜晚
将是万家灯火，他心想，天亮要跟站长主动申请
负责此小区的揽派，新的产粮区，他有的是力气
想到这里，他站起来，摸着满腿被蚊子
叮起的包，像抚摩不足三公斤重的快件
少数人的疼，挠挠就好了，绝大多数人的疼
尤其是中年男人，他们藏在心里
用肩扛着、用手拽着，踉踉跄跄奔向前方

| 第二辑 |

转

物 流 园

分拣线转着，码垛机转着，AGV 转着
月亮和太阳是快递的两个车轮，也转着
灵魂转着，无法二十四小时转动的肉体
两班倒着转，只有疲倦和职业病不转
长久地趴在每一个人的身上
这是物流园的一天，这是物流园的每一天
多少青春在此消耗，沉默着熬瞎灯盏
和眯了半只眼的月光，照着龙门架下的蛐蛐
哼唱着思念的曲子，扫描着抬头的乡愁
想象包裹游历山河、穿过风雪，抵达远方
或另一个物流园，那里有另外一群人
跟我一样，我是无数个我中的一个
着工装上班、打卡、交手机、喊口号
一天的劳碌成果缩成一个数字
被统计进另一串数字，编号 00577977

月底，看着短信上的数字，辉煌的念头
一再黯淡，直到接受，抬脚奔向下一个包裹
这些快递树的种子，遍布我生命的角落
穿过新工业时代的烟尘，迎接雨雾、日光
所有从天而降的讯息和一颗向上的心

循　环

从一个自带编码的快件开始
纷纷跳进同一条分拣线
让一条集包袋成为无数条集包袋
一条路成为千万条路

于是，有人练习追踪术
有人练习重生术
有人在原地等待
相信神会从站点上空降临……

当我抬头，看见云朵正在下坠
云朵是天空的中转袋
雨、雪，月亮的阴晴圆缺
和一个快递员的欣喜或悲伤
被打包、配送，投入芸芸众生

直到最后一个快件被投递
把自己拖回出租屋里
集包袋又吹响号角
新的一天已被贴上面单

“束缚到处寻找自身的解脱”
干瘪在感受过风的自由后
渴望沉重填满身体，撕裂又挺拔
一切像是从未发生，一切正重新开始

亚洲一号

河涌如麻，亚洲一号端坐两岸
像一艘停靠于此的大船，无数只小舟
从甲板出发，把快件送抵万户千家
月亮升起，照着古梅乡、伶仃洋
把海上丝绸之路照得格外亮
历史的大道，在新时代人民的
创造和建设中，铺展得愈加辽阔

亚洲一号高耸，云朵总低垂亲吻
堆垛机总想与候鸟打招呼
白鸽飞走了大湾区的两个黄昏
依旧在亚洲一号内陪着地狼奔跑
一件件商品最会享福，它们都是
这里的王子或公主，从入库到出库
数字加持的旅程，每一步都精准无误

物联网、区块链、云计算，一个快件
每加速一分钟，行业就前进一大步
快件背后日夜奋战的人们就欢欣鼓舞
不善言辞的中国快递人，快件就是
一个个汉字、一次次问候——
送达两次是词语、十次是一句话
百次是一篇文，一千次、一万次……
是对每一个平凡生活最好的守护与注脚

亚洲一号也不说话，密织着物流的大网
扎根每一个关键枢纽，每一个家园
都在其中，享受收货的喜悦
自动分拣线不停传递着，每转一圈
就是一个粤港澳大桥的长度
当你从更远的地方遥望这蔚蓝色的星球
亚洲一号就是那最耀眼的灯盏
快件眨巴着眼睛，飞往千家万户

顺 于 路

快递延伸了一条路的长度
它们在此集结、中转、出发
给予一次旅途新的生命
顺于路无限长，两侧的物流园
把它架到天上

如果从高处看，大柳树转盘
像一粒尘埃，绿色与枯色
在掌控搬运的条形码中
皆是灰色。一个方向
于此被分成无数个方向

我该如何起身，又如何抵达
地址改了三次，我仿佛
有了三条命，如果妥投

意味着一个快件的终结

我何其幸运，哪怕枯燥或被抱怨

我也经历了不同的风景

从马驹桥到顺于路

五十三公里，我始终敲不开的门

错过的末班干线车

在快递的延伸中

通往你世界的路越走越远

丰收的季节

顺义杨镇仓，端坐在几十个
蔬菜大棚的中央
仿佛里面名叫快件的瓜果
永远无法采摘尽
最宽的柏油路，也最长
像杨镇仓吐出的舌头，呼朋唤友
像杨镇仓伸出的臂膀，远远迎接着

杨志广是仓管，丰收季首日
如果他的仓出货超过一百万单
他将成为这片物流园区的王
那个总是压他一头的发小
将彻底成为手下败将
他就可以跟村里人说
“那一夜，我也曾拥有百万雄兵”

他嘶吼着，声音沙哑
如战场风沙狂卷，刀锋对抗刀锋
他挥舞着声带，大旗在口中飘扬
拣货再快一点、奔跑再快一点
扫码再快一点、封装再快一点
传送带再快一点、集包再快一点……
大棚里的蔬果啊，太阳已越过山头
成熟得再快一点！

指挥室里，杨志广已二十三个小时
未合眼，血丝如折线
随出仓的数据，在显示屏上跃升
九十九点五万、九十九点六万
九十九点七万……九十九点九万时
他双目瞪圆，像两颗星球
见证一个人的宇宙之变
一百万！二十三时五十六分
他缓缓退步，坐回椅子，地球重归轨道

想　象

如果你想象

快件是一座城堡

一个守护新生活的士兵

奔跑在你与他之间的快递线上

你想象快件打开

是一片天空

一只御风飞翔的鹰

从远方飞来又从中飞走

那你也可以想象

快件是一把枷锁一座牢笼

你原地呆立，在自己的城邦

是饭来张口的王

当你的喜爱之物被取出

你的心瞬时被满足

丢弃的外包装，一路风尘

亦无人念起
当你在充实时感到空虚
我希望你会抬头
看到快递线是一束光
而非一根绳

忆 千 灯

北方初冬，银杏叶扇着风
干净的叶子，在苍穹之下闪着光
远望，如火苗般跳跃——
这大雪到来前赤裸的最后的燃烧
此刻的江南，仍是郁郁葱葱
河流相接，延福禅寺的钟声
一响，便直抵我暂居的北京
梦里说起吴侬软语
快件也安静下来，随思绪飞扬
铁肩可担道义，可扛起千万包裹
日夜奔腾的，除了河流
还有物流，每一颗焦急的心哪
灼烧着千灯亚洲一号
和每一个更加拼命的人
物通其流与妙笔文章同样重要

雪中送炭的人，从不惧前途艰险
心中始终有一盏明灯在亮
他们高高举起手中的包裹
那包裹就是一盏盏灯
千灯、万灯、千家万户的灯
如果可以照亮一个人
就足够照亮一个世界

分拣女工

月亮升起于夜空，照耀着分拣场地
——这郊野的中心，在城市的睡眠中
忙碌如春耕。她站在操作台前
是众多女工中毫不起眼的一朵
扫描、转身、投篮筐，回位、扫描……
无数次重复同样的动作，已是第九年

她时常产生错觉：自己像一名舞者
千万个快件奔跑着来看她的演出
每一次俯身都是与观众互动
这样想时，她就会回到双腿直立的青春
那时的她是一名真正的舞者，是东河西营
最美的蝴蝶，时常落在一枚
绿色的邮包上，跳着倾诉爱情的舞蹈

砰——每一次都被同样的声响惊醒
一切都变成了至今没有寄出的信
她偶尔也会痛恨生活，快件
像一只只蚂蚁，挠着她的心
但当她看到那些不同的家庭地址
不同封装的包裹，她就平静下来

有女儿给父母寄的异乡风光
有妻子给丈夫编织的家庭温暖
有妈妈给新生儿购买的成长喜悦
她的三个身份就会逐一回到灵魂
生活的踏实赶走往日的悲伤
流水线上的快件依次赶来为她鼓掌
——这人生旅途中最美的舞者

打 包 员

她站在一堆数码产品前
耳机里的风，偶尔跑出来
刘海被吹偏一缕，身体右倾
半个肩膀已劳损
年龄也已偏向中年
无法打包回炉的青春
带走了全部的激情
多么令人悲伤，生活一旦铺平
像展开的纸箱，无来路，无归处
一无所有，却又一地鸡毛
她眼中的光已黯淡，为人妻母的颜色
只有胶带粘错时的撕裂声
才揭开她心底藏匿的红
像一根绳子，死死绑紧她
带给她疼痛，又拉扯她不至于跌入深渊

她无数次想把自己打包
随便一个地址，只为逃离
她又无数次撕开，胸中之气短下来
轻轻吹过纸箱上的原野
偶尔也能看到飞过荆棘的蝴蝶

化妆品仓的爱情

六环外的北京，朝霞是她
脸上的第一抹腮红，初夏油桃般
藏匿着火焰，满目清水

换工装、存衣物、刷脸打卡……
她总是第一个到达存储架前
为千百青春永驻的梦，挑选万计的商品
她走到 A 货架前时
他已握紧拣货车，仿佛在等待她一声令下
这八千平方米的疆场，爱情开始驰骋

他拼命奔跑，盼望与她拣选同一件商品
他会故意装傻，向她请教早晚面膜的区别
她也偶尔娇嗔，抱怨自己
没有抢到新上的口红单品

他们的忙碌，始终伴随初恋的甜蜜

当他们都不愿加速时，大数据如爱神
让复核筐在两个字母间不断穿梭
他们每一次抬头或擦肩
彼此眼中都有一个最美的自己
哦，爱情——你这人世间最佳的护肤品

从 A 到 Z，他俩在二十六个字母中
相遇又分离，L、O、V、E
四排货架的直线距离约九百米
如果每天早到一小时、中午不休息
他们每天可以在四个字母处相遇十二次
八万六千步，他俩写下三次“LOVE”

爱，在青年是激情，如最艳的口红般炽热
中年归于平淡，似乳液清爽
相守则是晚年彼此依靠，岁月雕琢容颜
化妆品仓里的青春，货架上存储片刻
用一生涂抹，等晚霞在天边盛放

石榴红了

东河西营的石榴红了，挂满湛蓝的
天空，与在此歇脚的快递小哥练习算数
最没出息的那一颗，塞在老母亲牙齿间
咧着嘴，露出酸甜的微笑
在秋日尽头，做着一件光荣的事情

村里人眼中多子多福的老母亲
也有自己的苦水——儿孙都有出息
却无一在身旁，分散于祖国三省
看到那些石榴籽像亲密无间的兄弟
簇拥在母亲怀里，往日的情景就频频闪现

她不后悔年轻时因坚持不改嫁
遭受村里人的白眼和娘家人的嘲讽
孩子的优秀是她唯一的安慰

只是这思念太过熬人，土里的那个
已走了几十年，她不想离他太远

快递小哥再次路过石榴树时
老母亲刚好数到“一百”
他摘下石榴的瞬间，想到自己的母亲
和母亲的乳房，他从一颗石榴里
看到饱满的乳汁从一个女人怀孕时流淌
直到生命干涸，有时是乳汁，更多时候是
汗水、无声的泪水，甚至咽进肚子的血水

他把石榴装进纸箱，快递给即将湿冷的
南方、早已白雪皑皑的西藏和远嫁的海洋
免检的母爱更要包装结实、小心运送
若颠簸过重，老母亲会从梦中惊醒
因此要快些抵达，最好在明天天黑前

一个个快件就是一粒粒石榴籽
用血浓于水的亲情写下饱含四季的家书
温暖远隔千山万水的思念和孤独

我们就这样挂满异乡的天空
在秋风中咧嘴笑着，笑得
深如母亲的皱纹，笑得失去力气
当她拖着佝偻的腰身朝我们走来时
最重的那一粒从眼角滑落，跪倒在母亲面前

仓储叉车王

半空中，数吨重的货物
如一件小小包裹，被托起
不差分毫，转身
圆舞曲，恰好的节奏
落在托盘上，像一片羽毛
它着地的声响有多么轻
他手中的钢铁就有多么重

分拣线

一条万米长的分拣线
如巨龙，盘卧在分拣中心
几百条滑道，滑道下的几百个格口
每一个格口都对应着唯一的路由
不用等到提示灯亮起
他靠鼻子就能判断出将要灌满的集包袋
哪一条是中关村，哪一条是趵突泉
他时常想象：如果分拣中心足够大
分拣线足够长，每一座城市、乡村
都有滑道相连，每个人都有唯一的
地址码相牵，他亲手打上封签的中转袋
到达站点，被快递员轻轻解开
像摘掉期盼一路的眼罩，天地开阔
那些快件是他的眼睛，远望壮美山河
那些快件是他的双臂，近拥淳朴亲人

快件就在那里，它不说话

快件就在那里，它不说话
沉默着被标记、被追踪、被投放
或短暂消失于一段坏心情
它有眼睛，生长在六个方向
看得清世间纷扰，人情往来
也理解一个快递员三毛两毛的不易

天网、地网，终不过是生活的大网
从一点到另一点，沿途或有风景
多数时间来不及欣赏
快件就在那里，它没有翅膀
快递员也不会飞，从一春到另一春
千亿时代，每一步都灌满汗水

很多事物都不说话，比如石头

源自远古的山脉，心中却藏有佛
快件也不说话，它就在那里
直到被收件人打开，它才会张口
吐出老家味道，就是思乡的话
吐出新款玩具，就是宠爱的话
吐出柴米油盐，就是陪伴的话

它若开口，就一定不会藏着掖着
一肚子话全部抛出，像信笺在独白
风尘往事活起来，像春风漫卷
花朵肆无忌惮开着，从不思考凋零
天地人世被打开的快件尽收眼底

| 第三辑 |

运

西行漫记

沿着一条快递线路出发，用轮胎
触摸祖国的脉搏，丈量山河
从海浪奔涌到大漠孤烟
古丝绸之路被装进包裹
可视化轨迹中，每个人都在远行

追逐梦想的旅程，不止
三千九百九十五公里
两个卡车司机渐弯的脊背
撑起贯通东西的快递大动脉
雍凉之地在新工业时代，正变得年轻

一日四季，时间加速流转
一条干线路上，揽收、分拣、运输、投递
无数个包裹编织着无数种生活

而自出发，两个沉默的男人
始终在和风细雨或黄沙漫卷中紧握方向盘

“西出阳关无故人”，他们送来的
都是新朋友，于乌市分拣拥抱告别
三日友谊，却是一个快件生命中
最漫长的相聚，褪去包装前
它们有共同的名字，并成为彼此的故人

他们抖落满身星光，返程途中
两万多包裹将在高原、盆地、沙漠、草原
或羊群、果园、棉田中遥望相送
两个凯旋的父亲，偶尔谈起过往和家庭
像那些融入祖国腹地的快件
偶尔想起海风、夜市和工厂里的红男绿女

春耕图

晨光薄雾笼罩着东河西营
送货的人赶着马车，昨夜的梦
还未舒展，已被叠起，贴上面单
风，正停在风铃上
催促着人间升温
也催促着奔赴田垄的马蹄

种子已经过季节的分拣
和岁月的运输，即将被投递
大地是唯一的签收人
大地是万事万物唯一的签收人
雨水也不例外，它来自天上

滴答滴答落在包裹上
这上苍的厚重的爱意

经过云和风的缓冲，轻柔
如母亲的手抚在婴孩的脚掌
着地时，北平原的冬天已过
缝隙中，满是半醒的眼睛

而我久居异乡，劳累过度时
总把分拣线误认成苏家湾
高家坟、朱场或马家地的小道
快件如成捆的麦穗，一次次
通过我的手进入粮仓，又如
满筐的果子，卖个好价钱

只是没有一个快件，可以
如野兔，突然从我胯下钻过
如青蛇，用眼神把祖母拴在路中间
它们都太守规矩，效率的产物
不允许有任何既定路线之外的插曲

换班后，我走出分拣中心
高高跳起，又落下

红色的石板砖上，什么也没有
分拣线也从未留下任何一个包裹的足迹
只有大地的春水在弥漫

冲上云霄

这一次，真的有了翅膀
快件正在飞机的腹舱中穿过云霄
首饰、瓜果、生鲜、药品……
都以包裹的形式获得飞翔的自由
水蜜桃、车厘子有了翅膀
天空生出果园
项链、戒指有了翅膀
爱情的告白响彻天际
急救药、手术器械有了翅膀
上苍知晓了人间疾苦
黄河鲤鱼、大闸蟹有了翅膀
东河西营的湖泊敢跟银河比大小
母亲的唠叨、妻儿的惦念有了翅膀
远行的人有了再攀登的力量……
当快件在晨曦中降落

度一夜九天揽月的传奇
地上的人接过包裹，收集星光
那些光中，有他们始终仰望的眼睛
有他们抖落的尘埃和不懈的追求

博物馆搬运记

从一座场馆到另一座场馆
从东到西横跨着几千年
没有人想到跑腿送件的快递员
成为历史的搬运工。因此
测量要精确到毫厘，过往不允许填充
稍不留神，未来的镜子就会打碎

拍照、挖槽、包装、固定、运输
布展、还原……时空在位移
这一次传递，跑得越慢越好
脚步不能误入王侯的宅院
汗水不能流入汉唐的麦田

带走一件瓷器，也要带走
那个淬火的黄昏和碗口喊疼的风

我时常在梦中回到陶瓷、瓦片
回到泥土和火中，盛世在匠人的手中
打磨，三转两转就睁开了眼

一定要轻轻折叠每一幅画
不要惊扰熟睡的美人和低垂的叹息
那把生锈的剑哟，更要握紧
老将军正在排兵布阵，等待号令

最易安放的该是这万家灯火吧
收快递成为新开门七件事之一
对美好生活的追求与守护
是人类最朴素的情感
小小的快件是恰好的表达

只是那一把游子的乡愁呢
在偌大的场馆中依然无人签收
快递小哥看着窗外的世界和遥远的村庄
抱紧怀中没有姓名的快件
像抱紧一座年久失修的庙宇

找　北

通往北极村的路上，尚明远从不需要
导航，满车快件是最好的指北针
从哈尔滨出发，啤酒哈着白汽说，向北
途经加格达奇分拣，狗粮汪汪叫着，向北
在漠河极星配送站，小说已至结尾
两天两夜后读到两个字，向北
车窗外的茫茫森林、皑皑白雪和无际原野
那些走过又迅速被掩埋的脚印
都令人敬畏。再过两小时，尚明远
就可以穿过这片寂静之地，抵达北极村
当他拨通电话，仿佛撩拨静静流淌的黑龙江
耀眼的红色，成为北纬五十三度的焦点
伊格那思依诺村的眼睛，隔江相望
在他们的艳羡和祝福中，炊烟又袅袅升起
一条路，跑了三年后，尚明远还是会惶惑

他时常忘记此刻的抵达，是白天
还是黑夜，尤其是夏至
晚霞和朝晕同时在他的瞳孔中五彩斑斓
而对于收件地址，他永远一清二楚
哪怕只有一个电话，简单几个字
他也能顺利送达，因为上面的“最北”二字
是独一无二的存在，比如最北哨所
最北学校、最北观光塔、最北饭店、最北医院
也就有最北的坚守、最北的爱情
最北的欢笑、最北的幸福
最北的世世代代
当他眺望，所见之处，皆是祖国的南方
一条条弯曲的快递线正在跃动
连接着山河渐暖、人心向善

无着快件

什么是无着快件？
无法投递且无法退回寄件人的
无法投递且自愿放弃的
无法投递且无人认领的……

那九十九只暗恋四年耗尽两个夜晚
没有比翼双飞的千纸鹤算不算
那在春天种植夏季施肥秋日摘下
却在时光腐烂的苹果算不算
那大声哭喊而得不到的回声
那张开双臂而无人可拥的怀抱算不算

什么是无着快件？如果有人签收
或给它一处安身之所
是不是就算有了着落

跑废的三轮车、瘪掉的头盔
充不进电的电瓶、磕碎三个角的筐筐
起毛的传送带、老师傅的笔记本
所有被丢在杂物间的快递工业品算不算

坏死的股骨头，无法加速的三分钟
突出的腰间盘，直不起身的五公斤
所有积劳成疾的快递员
他们得不到的权益、关怀和赞美算不算

我们都是快件，不应没有着落
被定义一个身份，被孤立或消失
我们都曾是快递链条的一部分
时间的辉煌中到处都有我们奔跑的身影

青流万向

除了喜悦，一个快件里还要装有
果园、河流、青山和小孩子熟睡的梦
飞鸟把它们打开，春天便一股脑涌出来
奔向田野，与庄稼谈论气候和谚语
奔向街巷，与陌生人互道欢喜
那些不经意间丢弃的纸箱
被风分类，衔上枝丫，成为新型鸟巢
我在树下眺望，快递员一次次路过我身边
世界在他们的搬运中流动起来
仿佛一条大河，快件是风帆是扁舟
讲述得了风花雪月承载得起绿色摇曳
所有寄给今天的快件都会发往明天
它们用香甜的瓜果作为票根
登上高铁一等座，穿越万里山河
把大海装进体内，在深蓝处

看到生命的密码，时刻向未来传递
如果收到另一个星球的信号
一定要小心翼翼签收并发送回执
这是一份快件的荣耀，时代把内容丰富
还有光亮不断照进来
那光就是星辰、花朵、笑脸、漫天白雪
就是一代又一代人的绿水青山
就是一代又一代人的幸福中国

云中记

如果送货地址是一座大桥的名字
如果大桥高架，横亘于云端
如果收件人就藏在云中
那要穿过多少河流翻过多少群山
才能在天空把包裹签收

尼珠河大桥就是唯一的妥投地
护桥工人通过网络下单检修工具
守护着世界上最高的桥梁
快递小哥也常至此，在雾中
彼此露出略大于云朵的笑容

还有的地址仅是带有编号的高压电塔
修电塔的人把快递小哥的步伐
跑成乱码：一个到了，一个又走了

直到灯光把城市照得通明，他俩的追逐
才在月亮的辉映下变成同一个黑点

他们不是腾云驾雾的神仙
却把桥梁、汽车和快件送上了天际
他们不具备逐电追风的超能力
却在旷野中跑出麦子拔节的速度
他们是平凡的奋斗者，不愿意辜负
新时代给予自己的每一份信赖

军庄车神

快递员老刘被誉为“军庄车神”
一个人、一台车，把一座山
盘得郁郁葱葱、清清楚楚
如果你问他每天配送多少公里
他会说，八条沟
每一件包裹都见证着陡峻谷地的
山高水阔，守护着村庄的乡情绵长
孤独时，他就朝大山号几嗓子
松鼠跳上国道，与他赛跑
他时紧时慢，绝不鸣笛
直到松鼠返回密林，继续搬运果子
催派的提示音偶尔响起
修佛像的收件人跳下脚手架
签上自己的姓名，彼时天空蔚蓝
阳光洒在他们的工装上
仿佛为两个平凡的劳动者镀了金身

该怎样将一个快件递给你

该怎样将一个快件递给你
我的恋人，我已在大风中走了很远的路
还要走很远，我要跑起来
让热血沸腾，浇灌手中的玫瑰
同朝阳一起绽放在你家窗外
我要你的容颜永不枯萎

该怎样将一个快件递给你
我的朋友，我们已有十年未曾相见
我要把踢过的足球、砸烂的键盘
写到哭泣的诗稿，一起追逐过的远方
和喜欢过的女孩照片，统统塞进包裹
我要你的青春刻骨铭心

该怎样将一个快件递给你

我的亲人，我在异乡漂泊了太久
像一只倦鸟，害怕却又急切想回到
母亲的怀抱，我要拆掉胶带和包装
我要像儿时一样在村庄的大河畔撒野
我要做东河西营永远的孩子

该怎样将一个快件递给你
我的爱人，你是我唯一深感愧疚的人
我要在纸箱内壁写满情话
从一滴春雨打湿你的发梢写到岁月的
虫子爬满你的脸庞，我要把一生打包
我要你亲自签收并承诺来世

该怎样将一个快件递给你
亲爱的陌生人，不管它来自恋人、爱人
朋友、亲人，还是你的陌生人
我都要微笑着轻轻叩响你家房门
包裹中始终有一双眼睛看着我
也看着你，给予我们慰藉和前行的力量

时间之门

我们都奔波在时间之中
柳枝绿了，春红；手掌破了，寒冬

从一扇门到另一扇门
一个孩童练习钢琴，世界只有黑白之分
接过包裹的老人，转身把香炉挑亮

微弱的光，是前世回望的眼神
时间在这临近熄灭的跳跃中，它默不作声

每一片雪花，都是一道时间之门
我们一次次穿越，终寻不得返回的路

每一个快递，也是时间之门
它以物通其流的方式，指引我们向前
只是在一次次配送中，快递员把青春还给了时间

夜　传

你梦里的河流是我的分拣线
从上游到下游，我手中的包裹
穿过你几层梦境
支流如滑道，通往每一个街区
你沿此敲开期待已久的窗
互道晚安，又轻声别离
我扎紧口袋，像一把心意
在梦中缩成一团
我把它们抱上车厢，唤来星星护送
你的梦中，是否也可举头三尺，有神灵相佑
传站车把快件摆渡到站点
无所谓此岸与彼岸
你的河流将在天亮后化为乌有
我的分拣线日夜不息地运转
你永远不会知道，你的梦参与了

一个快件的分拣、运输和投递前的所有过程

如同你不会记得在梦中许下的承诺

奔赴一场跨越山海的约

春风吻过的快件

春风是时光的快递员，谁在寄出
谁又在签收。燕子解开黑色的绳索
鸽哨声叩响门扉，轻读着问候与召唤
快件一层层打开春天
山河转身，一年之计从此开始

每一个快件都被春风吹出声响
田野与广场上，放学的红领巾嬉闹
录取通知书闪着光，写满未来的畅想
是风插上翅膀，给每一份追逐以可能
我奔跑着，脚下生风，飞起来
把承载喜悦和热爱的快件送进寻常百姓家

春雨是天空送给大地的快件，谁在运输
谁又在配送。流水不腐，大海也不是终点

我看到，青青麦苗正在山河永固中
郁郁葱葱，没有一棵垂下头来
这昂扬的春天，已张开巨大的怀抱

你我青春的步伐正踏在新时代的脉搏中
大浪淘沙，岁月一次次将我们分拨
从未拒收的祖国，足以成为我们奋斗的
唯一理由，是的，这些爱与力量
让我们有勇气成为你坦然接收的礼物

春光照进每一个快件，谁在书写
谁又在见证。梦想和贡献不应分大小
所有星夜兼程的追逐都值得尊重，让我们
在这春日，把每一个普通人的生活装进包裹
当你打开，必会有一缕春风涌出
用奔跑的方式，一次次刷新着世界

| 第四辑 |

派

母亲，我在武汉送快递

不要挂念我，母亲
我在武汉送快递，与万家
不熄的灯火，与所有逆行的人
一起守护这座城市的烟火气

——蔬菜、水果、鱼肉、柴米油盐
擅做热干面的大妈常给我打包一碗
我早已成为他们生活的一部分
还有那个喜欢用手抹鼻涕的红领巾
最近学会了讲卫生，像极了儿时的我
只是他无法跑到东河西营的原野上撒野

母亲，你见过那么多渴望春天的眼神吗
每一个口罩的背后都隐藏着一个世界
——恐慌、悲伤、焦灼、平静

怀疑，或又满含生命向上的力量

我必须加速奔跑，在楚河汉街
从未有过的空旷中，我必须跑过病毒
给医生的枪膛上满子弹
我必须保持微笑，武大的樱花还没开
我们都是含苞待放的一朵朵

你会感到欣慰甚至自豪吗，母亲
我从未想过一个普通的快递员
也可以惊起长江的滚滚波涛
我相信，每一次打开快件的瞬间
都是打开了一扇家门，打开了一片森林
让呼吸不再成为一个难题

对不起了，母亲——
我还是不能辞别黄鹤楼
你会理解并在日暮乡关时为我祈祷
那么多人没有留下只言片语就离开了
我是多么幸运，还能回到你的怀抱

因此，我一定——

要把这份爱的眷顾传递到街巷

传递到每一个等待的窗口

那一个个长途跋涉的快件

如同希望的种子，小心

再小心着，埋进每个人心中

约　定

在湄洲岛，石莆田是唯一的快递员
乘船出海，登岛配送，是他每天的工作
其他快递员奔波在路上
他绝大多数时间却在等待
排队等待出港，排队等待上岸
当他带着百余件货物站在岛上
他就是灯塔，跨越山河的包裹召唤出海的人回家
海风湿润，浪花拍打着浪花，订单催促着订单
归来的渔船，有他凝望的眼睛
四目相对时，沙粒正击打彼此的脸颊
鱼腥味浸在快件上，带来远方的消息
如果有人在天黑前还未签收
他会原地等待，在海风的呼啸中寻找汽笛声
快件，早已成为他与岛民的约定

这小小的灯塔，照耀着茫茫海面

他每送达一个快件，就等于

有一个出海奔命的人已平安归来

图书配送守则

哦，亲爱的快递小哥
这不是一份简单的包裹
在与时间赛跑时，你一定能听到
奋笔疾书的声音，那些文字赢得了岁月
图书是上苍留给人间最珍贵的礼物

打包小学生课本和读物时
不能扎得太紧，要给梦想足够的空间
要呵护一双可以与万物对话的眼睛
要让青草、瓜果和麦子的香味飘进来
流经东河西营的小河便有迎接大海的勇气
麻雀叫着叫着，就在远方变成了凤凰

分拣青春时，要格外小心
林黛玉还在哭泣，维特的失眠在继续

新的爱恋、流浪和憧憬正在发生
任意翻开一页都是崭新的面孔
磕碰甚至流血在所难免，请务必记住
粘贴面单前，抚平那折了的页码

更多的故事将会发生在运输途中
路程短暂而又漫长，要学会宽容和聆听
比如一对夫妻无端争吵的小说
比如新茶、旧米烧了一下午的散文
还有一些愤怒的见证，那就愤怒好了
只要长途的颠簸和短暂的失联
不会改变手中的方向盘

投递一本回忆录时，要轻轻叩响门扉
那是一个人的一生，一群人、一代人的一生
你帮他叫救护车的事儿，就记录在
这本书里，老人总想对你说声感谢
每次刚说出口，你已转身走远
望着你的背影，像望着年轻时的自己

哦，亲爱的快递员

我相信你一定会妥投每一件包裹

每一个汉字都是时光的见证者

有的记录着过去，有的预示着未来

你就是其中的连接点，奔跑在时间的缝隙中

把平凡人的生活织成绚烂的网络

夜　派

多数人已经入睡
未躲进树梢的月亮
也闭上了眼睛，城市的灯光
多么灿烂，又多么可笑
照着一群生活在暗处的人

悄悄派送，又悄悄离开
背影也是夜的一部分
他们来过，包裹已堆在门前
他们不曾来过
妥投后，无人再问及过去

工服上的颜色，工牌上的记号
星星把自己打包成快件

轻与重，世界已闭上眼睛
手心的汗，将包裹焐热
像每个门口升起的太阳

无人说话的夜晚

街灯微凉，半睁着眼睛的树
无人说话的夜晚，秋天即将来临
我用一个快件的撕裂和东河西营
三代人的心事，迎接黎明
我不太喜欢天亮的说法
天一直都是亮的，只不过世界
在我们的心中变得忧伤
季节很好，一切都很好。我不好
无人说话的夜晚，连表达
都在衰减，我的身体
我的早已住进包裹的苍老的灵魂
被封装、转运、打开又胡乱丢弃
只有胡须继续疯长，像坟头的草
它不关心天空，它只想把我拽向泥土
只有快件在激增，我在老去
它们蹦跶着撵我，没有谁希望我慢下来

签　收

午后的马驹桥，物流车暂时安静下来
新工业时代的烟尘、雨水和风霜
落在女主人的餐桌上，印出快件的形状
门口的鞋柜靠墙，黄小胖盘卧着
像一大朵棉花，做着与世无争的梦
电梯门打开的一刻，它瞬间两目圆睁
起身，变成一头迅捷的斗牛
红、白、黑相间的快递工装
点燃它眼中的火与光，它纵身一跃
还未等女主人伸手，黄小胖已探出右前爪
在收件人签名处，盖上无可替代的印章
快件上的尘土，有了花的形状，灵动起来
当黄小胖回到屋内，一道光消失于楼道
我仿佛看到，在这些快件运输、配送途中

曾有漫天的雪花、星光落在快递员肩头

它们陪伴或抚慰着每一颗奔波的灵魂

替今夜晚归的人签收

一个不称职的快递员

我是一个不称职的快递员
初中毕业，一张快件脸
眼角的疤，像一枚厮杀后
落荒而逃的月亮
见证我曾不安的青春
见不得光，开不得口
随我倦怠的身体，钻进地下室
是的，北漂十年
当过小工、发过传单、开过面馆
送了三十七万个包裹
还是没有自己的房子
连工作居住证也没有
只有暂住证，一个不称职的快递员
暂时住在二百个快件里
被巨大的城市和生活包裹着

我不知道下一站在哪里
人生不像快递，没有可视化轨迹
向前，是我唯一的选择
可向前又那么难，都说活着不易
有些人生来就贴着富贵的面单
仅单程保价，就足够我几世奔波
我没有零投诉，也没有锦旗
我不是标兵，也没有好的故事
我只是一个不称职的快递员
而这，我已经拼尽了全力
我没有偷盗，也没有抛扔
我不敢跟客户急，我天天敲打自己
我爱护每一个快件
像珍惜每一寸光阴
那包裹上刺眼的阳光、金色的雪
让我感受着如此真实又坦然的平凡

深奥的简洁

如果你爱她，就给她
寄一个快递，亲手写下
那启唇就颤抖的名字
地址不再重要，快件足够大
山河、四季，海角、天涯
和你半生的爱，都装在里面

如果你恨他，也给他
寄一个快递，怨言、憎恶
咒骂的无数个夜晚、泪痕
和一颗千疮百孔的心
统统打包，当他打开空空的包裹
如巴掌，方方正正的恨打在脸上

而我此刻，没有爱恨

时间仿佛静止，我无法重写这首诗

我想认识正读到此处的你

我还有十万个包裹待寄出

我还有十万个想法要表达

我还有十万个我等着一生去相识

站　点

快递站点，多数躲在城市的角落
楼房高耸、人群拥挤，它渺小
有人注意它时，它就跳出手机里的物流轨迹
成为收件人口中的一句：瞧，它在那里
站点，没有被主城区的地图标记
可以任意涂改，也能要求迁移
作为快递网络的神经末梢，它的血量不足
应该是心脏和外力并存的问题
有人关心它时，它就成为社区的一分子
十几或几十个异乡的年轻人靠它立住脚跟
又凭借勤恳和善意融入城市
他们日夜奔忙，搬运着新时代的丰衣足食
因此在我的眼中，站点就是整个宇宙
我们的人生，我们经历或不曾经历的都在其中
快递小哥们的辛劳和付出是恒星

靠他们养活的妻儿和家庭是行星

偶尔的懈怠、不满甚至怨念是流星

而已习惯他们的万家灯火便是这茫茫苍穹

英　雄

他突然跌倒，砸在龙门架上
快件脱落，划破防护服
“山东快递员阿力”几个大字
被撕裂，像一把刀把阴阳两隔
阿力，三十五岁，送快递八年
第一次远离小镇博山
临走前，大儿子送他一幅奥特曼
欢呼着喊，爸爸是英雄
快递是子弹，打跑小怪兽
他把儿子的画贴在上海营业部的墙上
深夜迎他回站点，黎明送他去战斗
山东快递员阿力，巴枪已滚落车底
催促派件的声音，机械地响着
像毫无情感与力量的号角，无人冲刺
千里外的小女儿，在妈妈怀中

练习发音，爸爸、爸爸……
妻子拨打视频，而他终将无法接听
那一声天使般的“爸爸”也将在
女儿长大后，成为无法消弭的痛
而收件人不会知道，系统上显示的
快递员阿力是谁，谁又将继续
未完成的快件的投递

向前方

奔赴前方，当催派的号角
响起，新时代的集结
每个人都在出发
准备着，时刻准备着
物流的轨迹，始终向前

不问来路，星斗也不问黎明
流浪的包裹，正在异乡人的怀中
获得温暖，一群人拥抱另一群人
人间升温，以快件作刻度
抵达时，恰是阴阳正合

揽与派，一个快递员
与另一个快递员
彼岸与此岸，没有谁是船

每个人都在赤脚过河
向前赶，互为帆

总要渡过去，像一株枯木
遇见春天时，总有眼睛
在某处亮起，向前看
更多人正在奔赴
更多快件正在路途

一生中的两个维度

人的一生中至少要从两个维度去衡量
速度与温度：我们刚来到这个世界上时
带有母亲的体温，无论我们身在何处
她的每一次问候和惦念都在传递母爱的温度
滋养我们成为充满温情的人，得以看见
花朵在秋光后凋零成泥土，流水绕过屋檐前变为乳汁
种子经历黑夜的酷寒和风雨而结出果实
快件就是散落在大地上的果实被重新打包
每一个包裹都是有温度的，速度以此为遵循
来自故乡的味道难抵夜的漫长，必须当日到达
远隔山海的情意已历久弥坚，可以次日签收
对于新品的诱惑，允许三天时间去冷静
这样我们就可以理解快递员并报以宽容
寄给未来的书信一定要慢些，对于人生的多数疑问

我们还在寻找属于自己的答案——

其实，答案就在如快递员般的奔跑中逐一呈现

除此之外，任何不劳而获的借口都是对人生的欺骗

无人应答

隆冬子时，北风把月亮吹歪
斜照着临近新春的马驹桥
送完最后一个快件的王二
瘫坐在小区门口的石阶上
像一摊快要结成冰的水
失去流淌的勇气
也尚未获得站立的权利

一阵妖风猛地吹来
王二若一张被撕烂的纸箱
怀抱三百个快件的重量
砸进背后的喷泉池底
鲜血从石缝间渗出，倒灌的泉眼
在刺骨的沸腾中，哑了喉咙

王二拼命呼救，用尽十万次
“您的快递到了”的力气
他喊着熟悉的收件人的名字
这些异乡的亲人——
吴王奇
刘绪强
刘三石
王光军
翟玉伟
……

他们在睡梦中翻身时
仿佛听见狂风卷着巨石在敲门
酣眠的城市，没有谁会想到
还有快递员在深夜投递
王二也已睡去，他梦见春天来了
喷泉将他托起，如新芽正苏醒

快件回到人群

快件回到人群
把折叠的时间摊平于大地
像一种隐喻，发出声响
以自己的曲调，开始歌唱
奔忙的人依旧奔忙
对于意义的寻找，甚至毫无意义
每个人都有一双眼睛
但我不能说每个人都能看见
看得见快件回到人群
回到人群的快件已长出眼睛
它们试图逃离我们的生活
试图自己生出双脚或翅膀
它们要把挤出时间的风还给春天
把挤走的春天还给风筝
把风筝还给快递员

把快递员还给他即将入学的孩子

把孩子还给童年

童年的梦中，有无数个快件

从人群中奔涌而来

附录：诗解常用快递术语*

B

包装填充物

在快件中，填充于内件和外包装之间的、能够起到缓冲和保护作用的物品。

填满你心的空白
我们的爱亲密无间
于我柔软的臂弯中
纵使一路颠簸也完美如初

D

电子运单

将快件原始收寄等信息按照一定格式存储在计算机系统中，并通过打印设备将快件原始收寄信息输出至热敏纸等载体上所形成的单据。

---

* 以下常用术语（取件码、首重和邮快合作除外）含义来源于《快递服务》国家标准（征求意见稿）。

一张快件的身份证
也是它的大脑和神经系统
揽与派，分拣与运输
皆凭它在物理世界中越山河

F

分拣

将快件按寄达地址信息进行分类的过程。

可以复杂到代表物流最先进科技
也可以简单到一双手集合一座城市
为了同一个目的
他们短暂相依，又长久分离

封装

根据内件性质、寄递要求等，选用适当包装材料对快件进行包装的过程。

与美观相比，安全更重要
可它爱美的心一次次乱撞
在妥善包装后
又涂抹着骄人的春色

H

回单

应寄件人要求，在收件人验收快件的同时，需收件人签名或盖章后返还给寄件人的单据。

如果你要我一定写下自己的名字
我还会写方寸间留下印记
这足以证明我已收下
更传递我的感谢和一个快件的敬意

J

即时快递

根据寄件人即时发布的快递服务需求，无分拣、无中转、点对点的同城范围内快速、准确完成的快递服务。

省略多数环节
穿过大半个城市送达
快一点，再快一点
趁玫瑰还未枯萎，承诺尚可兑现

K

快件

快递服务组织依法递送的信件、包裹、印刷品等。

不必拘泥于形式（重量、体积、大小）
只要可包装，就可以飞翔
翅下风，吹着万物互联
裹着人生百态

快件总包

混装在一个容器内，同一路由、同一种类的快件的集合。

更多的快件正在加入
一段共同的旅程中互相取暖
是否可抵分离后
永不相见的孤独

快件全程时限

快递服务组织从收寄快件到首次投递的时间间隔。

下单如新快件的降生
童年揽收，记忆是春天的车铃声
一个快件一生的全部时间
于自己短暂，却于人漫长

L

冷链快递

快递服务组运用制冷、保温技术和设备，使快件在寄递过程中始终处于规定温度范围的快递服务。

越是热情，越需要冷藏
我努力延缓衰老
与时间对抗，只为遇见你时
皱纹可舒展，如青春的河流

N

逆向快递

受用户委托，快递服务组织将寄递物品、包装从收件人取回、送达到用户的快递服务。

一段错误的姻缘

要回到原点

收件如生而遇见

永远无法如初见

Q

取件码

每个快件唯一的取件密码。

新时代的接头暗号

没有烽火狼烟和江湖险恶

只要轻轻输入或大声念出

快件交到你手中，任务便完成

S

手持终端

快递服务组织提供寄递服务所使用的，具有信息采集、处理、输入和输出等功能的手持操作信息产品。

是它给予包裹以生命
名为快件的一生从此开始
唯一的编码、唯一的轨迹
所有的发生，不过命中注定

首重

指最低的计费重量。

如果物不足半两
运费也要按照一斤计算
这其中有我的百般呵护
更有你的情义千斤

时限准时率

在一段时期内，快递服务组织准时投递快件的件数与收寄快件总件数的比率。

我希望每一次都完美送达
像一枚果子在日落前成熟
每一个环节都要严丝合缝
包括那些雨雪，只能落在我的身上

W

无接触快递

快递服务组织根据用户的服务需求，经与收件人协商一致，将快件放置到指定位置，以相互不见面或保持一定安全距离的形式完成投递的快递服务。

这一次，没有亲手交给你
我不是怕那玫瑰上有刺
鲤鱼上有鳞，我是担心一路风尘中
曾有黑影在我身上闪过

X

下单

用户通过电话、网站、APP、小程序等途径，提出快递服务需求，选择快递服务产品种类、服务时限、投递方式等，预约快递服务的过程。

开始通过快递的方式
与世界发生联系
定义或寻找一次远行
新的抵达，正一触即发

循环包装箱

以金属、无机矿物质、树脂或植物质等耐用材料为主要成分制成的，可在循环包装系统中逐次完成多个寄递）任务的箱式封装用品。

至少有十个快件在此居住
十个收件人签上自己的姓名
它不属于谁
它属于任何一个人（包裹）

Y

异形件

形状大小不规则，无法直接通过自动分拣设备进行分拣的快件。

封套、气泡袋或包装箱
均无法将它们容纳
天生善习武，四肢间有山谷的风
仅靠双臂无法让它们还俗

验视

快递服务组织在收寄时查验用户交寄的快件是否符合禁寄、限寄规定，以及用户在快递电子运单上所填报的内容是否与其交寄的实物相符的过程。

再看一遍，从里到外
让恨无所遁形
你打开时
爱才会肆无忌惮

邮快合作

指中国邮政与民营快递企业在“快递进村”工程中的合作方式。

五彩斑斓的绿在大地上挥洒
延伸快递的触角
公与私、历史与未来
人民的江山中，人民最重

Z

智能快件箱

设立在公共场合，可供快递服务组织投递和用户交寄、提取快件的智能收投服务终端。

总有一个格口为你等待
又为你打开
你是信守诺言的人
总有一盏灯因你而亮

图书在版编目（CIP）数据

该怎样将一个快件递给你 / 王二冬著. —北京：中国工人出版社，2023.5

ISBN 978-7-5008-8061-5

Ⅰ. ①该…　Ⅱ. ①王…　Ⅲ. ①诗集－中国－当代　Ⅳ. ①I227

中国国家版本馆CIP数据核字（2023）第086033号

该怎样将一个快件递给你

出 版 人　董　宽
责任编辑　宋　杨　严　春
责任校对　张　彦
责任印制　黄　丽
出版发行　中国工人出版社
地　　址　北京市东城区鼓楼外大街45号　邮编：100120
网　　址　http://www.wp-china.com
电　　话　（010）62005043（总编室）
　　　　　（010）62005039（印制管理中心）
　　　　　（010）62379038（社科文艺分社）
发行热线　（010）82029051　62383056
经　　销　各地书店
印　　刷　三河市东方印刷有限公司
开　　本　787毫米×1092毫米　1/32
印　　张　5
字　　数　23千字
版　　次　2023年8月第1版　2023年8月第1次印刷
定　　价　24.00元

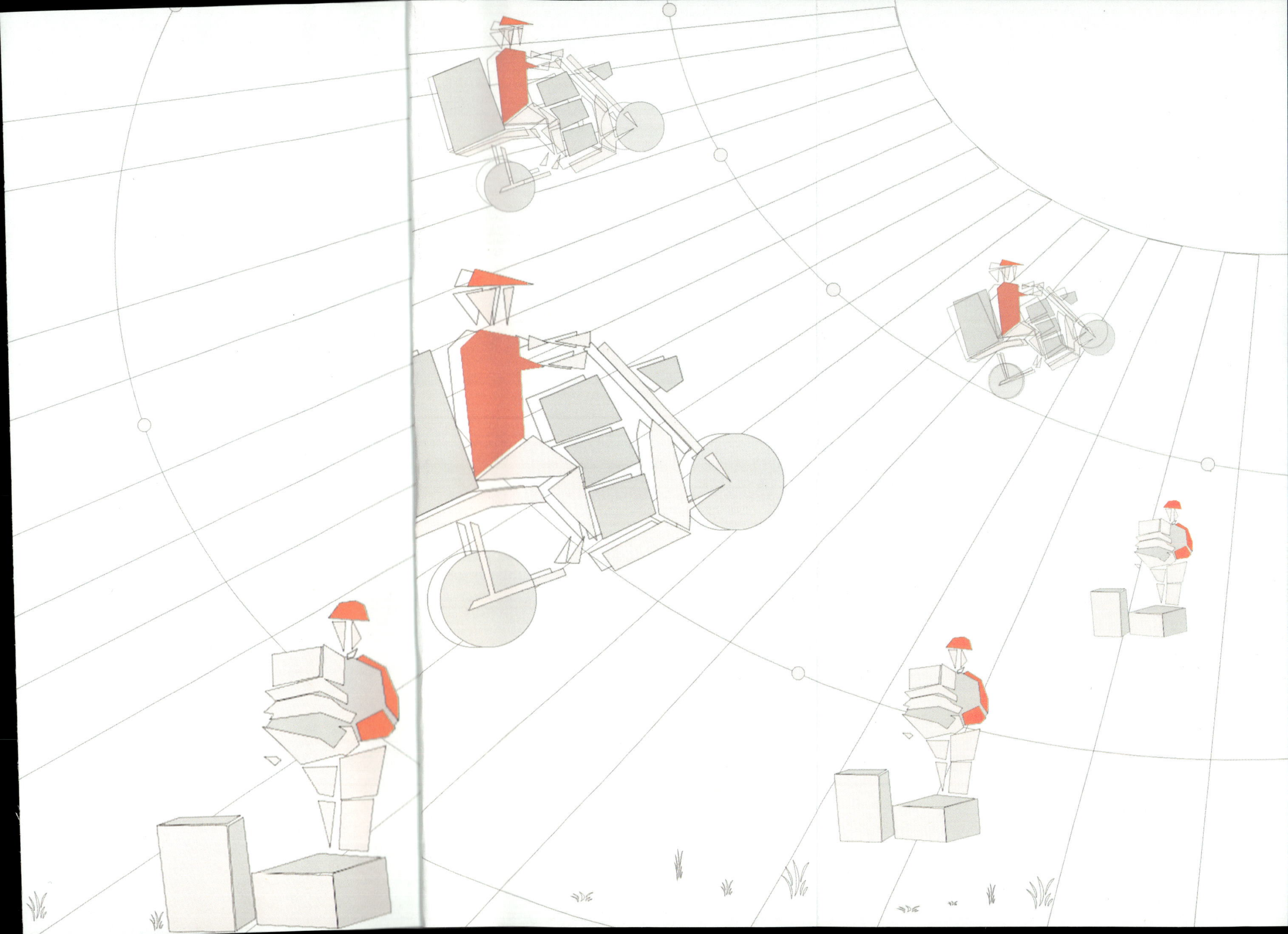

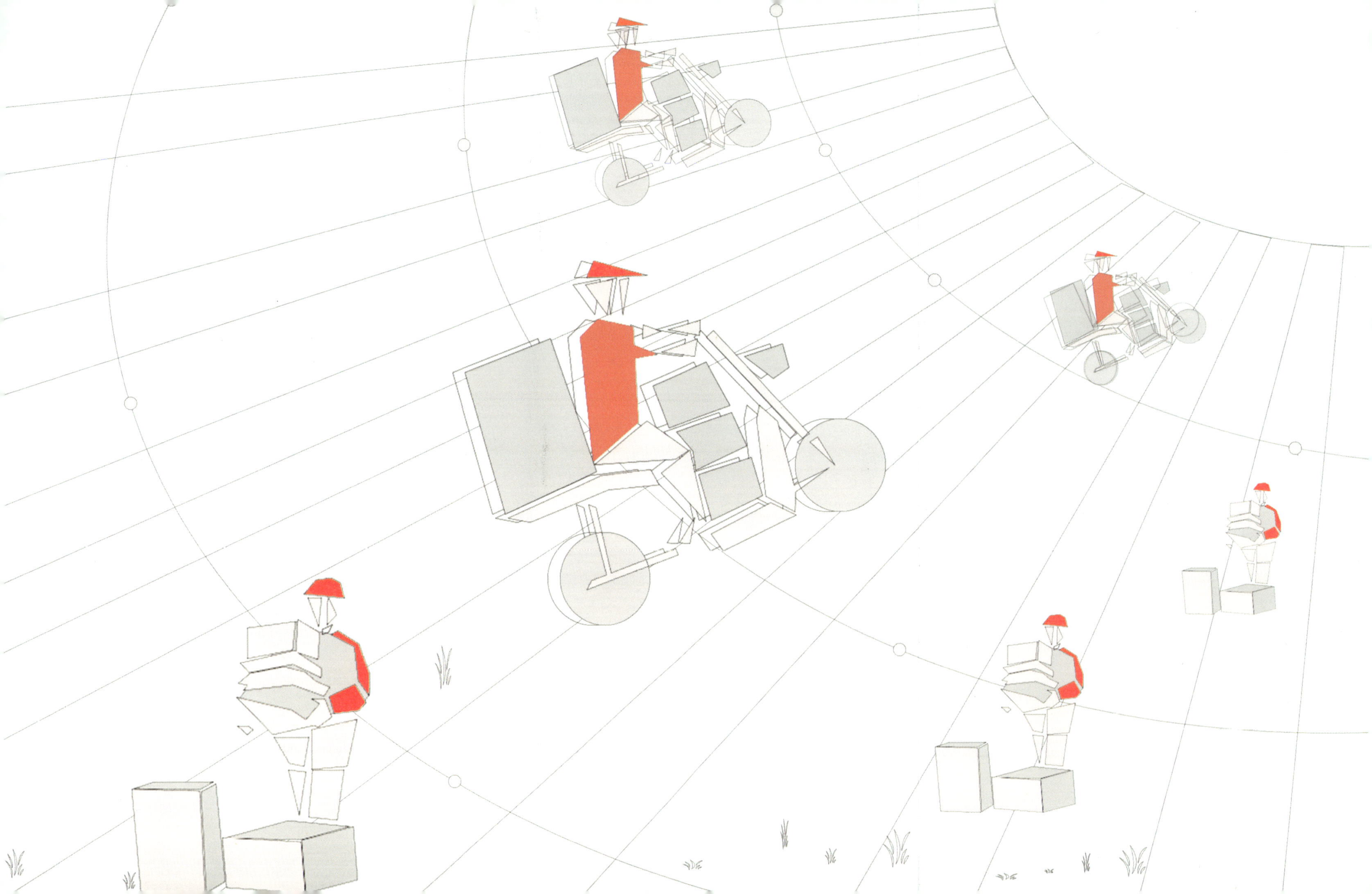